화양연화의 별들

| 함경옥 시집 |

긴 여정의 희미한 그림자들

아름답고 화양연화적의 위대한 삶은 어떤 모습일까?

태어날 땐 맨몸이다. 아무것도 없는 상태에서 욕망이 생기고 이상과 꿈이 잉태하였다.

시간은 세월에 실려 사람들을 제멋대로 데리고 노는 듯해 보인다. 거대한 사회에서 인간의 존재다.

어디로 가서 무엇이 될지 인간의 삶의 위치는 거대한 사회물결 속에서 마음대로 정해지지 않는다.

나도 그렇게 살았다. 사회변화에 따라 한 걸음 두 걸음 변화 패러다임에 적응해 가며 오늘에 이르렀다.

긴 여정의 희미한 그림자들과 파편들이 이곳저곳에서 숨 쉬고 있다. 그런데 그들이 머지않아 나의 여정에서 떠날지도 모른다는 생각에서 《화양연화의 별들》을 떠올렸다.

결코 위대하다거나 아름답다고도 쓸 수 없는 그림자들이나 흔적은 남겨야겠다는 생각에서 뒤를 돌아보았다.

과거는 그래도 그립다. 그리움은 아쉬움으로 진화되

어 향수로 변신을 한다.

잃어버린 시간들이다. 나의 과거도 그러하다. 길다면 긴 세월이며 짧다면 짧은 시간들의 속삭임이다. 꽃도 피었고 천둥도 쳤으며 백설의 시간들도 있었다.

아름다웠었던 시간과 세월들이 나를 자꾸 뒤돌아보도록 유혹하고 있다. 그러나 일곱 빛깔의 무지개의 과거는 아니다. 행여 화양연화가 있었을지도 모른다.

자랑스런 여정은 아니었겠지만 과거는 과거로서 역할을 할 수 있다. 또한 오늘과 미래를 잉태시키는 귀중한 담당자이기도 하다.

소설이 아닌 아롱아롱한 그리고 희미한 그때의 기억을 되살려 서정시로 남기려 한다.

산문인 소설은 자연스럽게 다양한 서술이 동원되겠으나 시로 씀은 농축된 애틋함을 반추하려는 속내다.

장황하게 까맣게 잊었던 과거의 시간으로 돌아가지 않으려는 의도이기도 하다.

과거는 과거대로 그냥 놔두는 것이 좋다. 어설프게 들춰내 지금의 마음으로 해석하면 과거의 모습은 사라지고 오늘의 상황이 되어 엉뚱한 방향의 역사가 된다. 과거는 과거대로 뒀을 때 아름다울 수도 성공적인 역사일 수도 있기 때문이다.

차례

제 **1** 부 (고향)

언제나 그리움의 세상들

제 2 부 (서울)

천상천하, 동서남북

차례

제 3 부 (교육)

세상이 넓고 넓더라

제 4 부 (유학)

동구 밖 세상을 보다

차례

제 **5**부 (문학)

샹그릴라에 이르는 길

제 1 부

언제나 그리움의 세상들

고향

　삶이 어떤 위치에 있어도 부모형제와 얼굴을 마주보며 밥 먹을 때
가 가장 그리울 때일 것이다.
　고향은 영혼도 버선발로 달려갈 사랑의 메카(mecca)다.
　세월이 흘러 시대가 변해도 고향의 그리움은 퇴색되거나 거리감이
생기는 곳이 아니다. 고향은 부모형제들의 웃음과 정겨운 사랑의 꿈
이 살아 숨 쉬는 샹그릴라의 메카다.

원두막

참외수박 익어가는 향긋한 향기
원두막 소년소녀 꿈 이루어 가네

뒷동산에서 뛰놀던 철없던 동무들
이젠 어른 되어 가정까지 꾸렸네

아들손자손녀 자식자랑대회
해가 갈수록 숫자 늘어 운동회 됐네

한여름의 샹그릴라 원두막
꿈도 낭만도 꽃피워지네

참외수박 향기 따라 날아드는 풀벌레
농경사회 아름답고 신비한 세상

세월이 흘러 시대가 바뀌어 샹그릴라 되었네
원두막은 옛 그대로인데 애기꽃만 만발하네

고향 떠난 향수병 나그네 삶
언제나 불러보는 그리움의 심볼

참외수박 농사

물먹고 자라는 참외수박들
하루 두 번씩
물 길어다 주네

햇볕이 쨍쨍 내리쬐는 참외수박밭
참외수박들
물 달라고 앙탈부리네

물지게로 물 길어다 주기 하루 두 번
물먹은 참외수박
하루가 다르게 커가네

자고나면 한 뼘씩 자라는 수박넝쿨
이 가지 저 가지 수박들
눈에 띄게 자라네

틈틈이 강의록 보는 소년농부의 꿈
참외수박농사
풍년들어 서울유학 가야겠네

참외수박 익는 향기 온 밭을 뒤덮네
오다가다 들리는
동네어른들도 감탄을 보내네

소년농부

아버지 따라 농사짓기 어언 10년
꼴망태 메고 어엿한 농부 되었네

똥지게 지고 논두렁도 지혜롭게 다녀
아버지 대신 논밭 농사 척척 잘도 하네

비 오면 한여름 원두막 위서 큰 꿈꾸고
햇빛나면 수박에 물 주려 뛰어다니네

휘이 휘이 참새 쫓으며 여름 보내
지붕 위 박덩이 소년농부 닮았네

봄 봄 봄은 소녀들의 계절
가을은 알밤 줍는 소년들의 세상

깊고 긴긴 겨울밤의 시간
봄 여름 가을의 꿈 영그는 시간이네

그리움의 바다

채워도 채워도
모자라네

깊고 깊은 바다
언제
어떻게
가득 채워지나

채워도 채워도
가득
차지 않는 바다

세월은 흐르고
물레방아는 도는데

채워도 채워도
그리움의 바다
가득
채워지지 않네

천렵

붕어 쏘가리 피라미 누치 많기도 하네
막걸리 소주 나누며
애기꽃 피우네

그동안 일하느라 소원했었던 이웃들
박장대소 터트리며
술잔 나누게

자식자랑하다 사돈관계 띄우고
한발 두발 가까워져
아들딸 나눠갖네

해마다 벌어지는 천렵川獵잔치
올해 잡은 고기
유독이 많고 많네

웃음이 가득한 검게 탄 얼굴 얼굴들
쏘가리탕에 막걸리 한잔
새해 풍년 비네

정이 많은 백의민족 한민족
세세만세
행복마을 되었네

소풍

산 넘고 들 건너 노래 부르며
즐거운 소풍 동구릉으로 갔네

작년에도 동구릉
올해도 동구릉

임금들의 묘 신물나게 봤네
뒷동산 같은 큰 임금의 묘 신기하기도 하네

삶은 계란 김밥 집집마다 음식자랑
서로서로 나눠먹으며 장기자랑 같네

태·정·태·세·문·단·세·예·성 왕 외우기 대회
동산만한 묘 보며 역사공부했네

역사를 알게 되니 긍지도 생겨났네
우리나라 우리 역사 세계에 빛나리

소풍 가서 배운 역사공부
기자생활 때 요긴하게 썼네

보릿고개

뒤주를 박박 긁어도
쌀 한 톨도 없네
6 · 7월 보릿고개
등가죽이 붙은 농촌풍경

아이들은 보리밭에서
깜부기 따먹고
수수깡 꺾어
단물 빨아먹기 일쑤

어린 소나무순 꺾어
무릇 만들어 허기 채우네

식량 없음을 숨기려
빈 솥불 피워 연기 피우고
나물죽 한 그릇씩
나눠먹기 예사

지겨운 보릿고개
거르지 않고 매년 오네

가난은 나라도 못 구한다 했으나
해가 가고 달이 가도
변할 기미 보이지 않네

가뭄에 논밭이 거북등처럼 갈라져
마을앞 개천도 말라
물고기들이 떼죽음

설상가상 농촌은 아사상태
풍년이라도 들어야 하는데
하늘은 높고 땅은 메말랐네

하늘만 쳐다보는 농촌마을
달이 가고 해가 가도
풍년 기미 보이지 않네

썰매

마을 앞 개천에 만들어진 얼음판
마을소년들
썰매타고 씽씽 달리네

철사로 만든 썰매들
부딪치고 자빠지고
추위도 잊고 신나게 타네

탄알통 잘라 만든 스케이트
철사썰매보다
씽씽 잘도 달리네

극성맞은 사내 같은 소녀도 등장
자빠지고 넘어져도
포기하지 않네

모닥불 피워놓고 밤 구워먹는 재미도
마을어른들도
동심이 발동 한 데 어울리네

남녀노소 한 데 어울려

박장대소 웃음소리
동네 썰매대회 되었네

눈 내리는 마을냇가 얼음판
웅크렸던 마을 분위기
장작불처럼 되살아나네

여름엔 그네뛰기
가을엔 산신제
겨울엔 썰매타기
마을인심 꽃피워지네

수양버들냇가

여름이면 소년소녀들의 놀이터
위엔 소년 아래엔 소녀들이 목욕 즐기네

까르륵 까르륵 소녀들의 웃음소리
소년들은 누구의 웃음인지 금방 아네

한 걸음 두 걸음 아래로 내려가
수양버들 꺾어 던져 만남을 이루네

한 쌍 두 쌍 쌍쌍이 이뤄져
수양버들냇가 만남장소 되었네

작년에 만난 소년소녀 어른이 되고
올해도 한 쌍 가정을 이루었네

수양버들 그늘 소년소녀들 만남의 장소
겨울엔 썰매타고 여름엔 목욕하는 곳

긴긴 여름 버티는 샹그릴라
밤마다 불타는 성정의 향연

농경사회의 아름다운 샹그릴라
세월은 흘렀어도 마음은 그대로네

늙은 소

힘차게 마차 끌던 노우
잘 먹던 여물을 남겼네
이제 겨우
열세 살인데

옥수수 콩
듬뿍 넣어
끓인 쇠죽
반도 못 먹고
구유에 남겼네

새봄엔 멍에를
얹지 말아야겠네

요란하던 워낭소리
갑자기 작아지고
걷기도 힘겨워하는 모습
봄까지 버텨줄까
겨우 내내 지켜봐야겠네

이제 겨우
열세 살인데
두 눈엔 눈곱까지 끼었네

돌담길

사랑의 감정이 물든 길
오늘도 예전과 변한 게 없네

지붕 위엔 늙은 박 한 덩이
덩그러니 앉아 있고
강남 갈 제비가족들
빨랫줄에
나란히 나란히
떠날 채비 서두르네

하나둘씩 쌓은 돌담길
사랑이 켜켜로 물든 길
오늘도
꿈길에 나타나네

어머니 아버지가 계신 곳
올해도
그 길엔
진달래 국화꽃
다투어 피었겠네

어머니 아버지 사랑이 물든 돌담길
세월이 갈수록
그립고 그리워지네

절터

명당 중 명당의 자리가 비었다
승방비곡의 사연이라도
숨 쉬고 있는 것 같네

배산임수의 절대 아름다운 곳
대웅전의 위치
즐비했었던 승녀들의 방

목탁소리 여전히 들리는 듯한 환각
봄이면 봄꽃
계절마다 꽃잔치 펼쳤네

세월이 흘러가도 여전한 승방비곡 애기들
계속 이어져
신도시 됐는데도 애기는 계속되네

산야는 별반 변한 것이 없는 모습
절터에 나뒹구는
이끼꽃이 아름답네

계절마다 변하는 모습 옛 영화 그립네

이따금씩 찾아오는
나무꾼들의 발자국 소리만 들리네

옛 영화 못 잊어 이따금 보이는 보살의 발자국
세월에 밀려 멀어지는
승녀들의 웃음소리 그립네

무정한 세월은 절터마저 흔적을 지우네
은은한 종소리
한때는 인근 동네까지 퍼졌었는데…

윷놀이

겨울이면 남녀노소 즐기는 놀이
소년 소녀들도
눈치 보며 스킨십 즐기네

봄·여름·가을 바빠 자주 못 본 동무들
눈 내리는 겨울밤
기다리고 기다렸던 윷놀이

짝지어 놀이로 지면 신나는 벌칙
손목 때리기
머리 부딪치기

남녀 짝지어 즐기는 놀이
지는 팀 짝지어
업어주기 기다려지네

새벽까지 놀다 야단맞기도
일부러 져주기도
고구마·밤 훔쳐오기 벌칙도

소년 소녀들 어른 돼서도 즐기는 놀이

한해 두해 정들어
어른 돼서도 자주 모이네

세월이 흘러 흘러 할머니 할아버지들
고향 들를 때면
윷놀이 대신 화투로 바뀌었네

산과 들은 옛스럼 그대로인데
이름 대신
누구 할머니 할아버지 부르네

기적소리

고향사람들이 오고가는 기차
기적소리 울릴 때마다
향수병 도지네

고향 떠난 지 어언 60여 년
자가용 몰고 갈 수 있는 거리
바쁘단 핑계로 늘 뒷전이었네

기적소리 작아지면 가슴이 덜컹덜컹
행여 기적소리 끊어질까
태산 같은 걱정이었네

나이 들수록 향수병 속앓이로 진화
교통수단 발달로
지척거리를 멀리도 했네

신도시 개발로 고향산천 상전벽해
고향친구 보고 싶어도
산사람보다 저승간 이가 많네

산 좋고 물 좋은 고향산천

고향소식 알려면
서울로 전화해야겠네

고향산천 바뀌고 바뀌어도 맘은 그대로
몸만 나와 있지
마음은 고향에 가있네

향수

나이 들수록 커져가는 마음
조금씩 조금씩 커져가다
온몸이 되었네

예전엔 미처 몰랐는데 늙어지니 알겠네
세월이 갈수록
눈덩이가 되어 굴러오네

옛 친구 하나둘 떠나갈 곳 없는 고향
이젠 마음이라도
둘 곳을 찾아야겠네

늙어갈수록 커져만 가는 마음
커져가는 손녀들 보니
마음이 더 시려오네

보일 듯 잡힐 듯 고향 가는 마음
이승 끝까지
세월을 살아나 보세

옛것만 보면 묻어오는 고향생각

눈감고 다닐 수 없어
글로 위로해 보네

나이 들수록 커져만 가는 부모생각
세월의 시계
반대로 커져만 가는 향수

떠나가 버린 옛 친구들의 체취
아름다운
향수로 커져가네

불암산

지게 지고 나무하던 놀이터
오전에 한 짐
오후에도 한 짐

봄엔 진달래 · 철쭉 꽃동산
여름엔 참나리 꽃
꽃 꽃 꽃 동산 만드네

계절 따라 화려한 꽃 치장
겨울엔 동백꽃이 독무대네

한여름엔 지게 버텨놓고 등물
깨진 기왓장 널려 있는 절터
잘 자란 두릅 주인을 기다리네

골짜기마다 잘 자란 다양한 나무들
봉우리에 오르면 탁 트인 시야
자세히 보니 인천까지 보이네

계절마다 달라지는 모습
울긋불긋 꽃동산

금강산을 빼닮았네

산이 아름다워 절도 덩달아 많네
신라시대 지은 불암사
경수사 · 석천암 · 천보사

삼국시대부터 경건한 산세
이젠 남녀노소
힐링 대상으로 오르내리네

덩굴장미

상기된 얼굴
삐죽이 내밀고
아침인사 하네

밤새 내린 비로
말끔히 세수하고
분장도 한 듯
어제 보다
더 향기롭고
더 아우라해 보이네

빨간 장미
노랑 장미
파란 장미
경쟁하듯
아침마다
온몸으로 인사하네

해마다 훌쩍 자라
돌담 휘어감아
덩굴장미
천하 만들었네

제 2 부

천상천하, 동서남북

서울

    세상의 모든 이들이 모여 경쟁하는 수도首都다. 천상천하, 동서남북
어딜 봐도 만만한 곳이 없다.

    우린 각자 능력이 다르다. 누구는 했는데 나라고 못할 이유가 없다
는 자아이상을 세상은 통과시켜 주지 않는다.

    파우스트도 스스로 한계를 느껴 악마 메피스토펠레스 찍를 빌려
4단7정의 행복을 맘껏 즐겼으나 그것은 괴테문학 세상이야기다.

광화문

쫓기고 불태워져 다니기 628년
이제 겨우
어렵사리 제자리로 왔네

1592년 임진왜란 때 불태워져
273년에
천신만고 끝에 제자리로…

1950년 한국전쟁 때 포탄 피해
18년 만에
이전당하는 설움

가려지고 옮겨지기 되풀이
상처투성이 몸
옛 모습 다 잃었네

울고 울어 통곡해도 들어주는 이 없는
울다 지쳐 포기했다
628년 만에 제 모습 찾았네

나라운명 풍전등화 역사 모두모두 보고

몸은 만신창이
세월에 실려 제 모습 찾았네

1395년 태어나 온갖 세파와 맞선
한민족 애환
자화상 보고 또 봐야겠네

탑골공원

33인 대표 손병희가 있는 곳
앞으론
종로2가와 행인이 오가는 길

뒤론 낙원시장 지게꾼들이 수제비 먹던 골목
지금은
급식 먹으러 줄서서 기다리는 골목

시대만 바뀌었을 뿐 밥 얻어먹으려는 군상들
정치가 바뀌어야
세상이 좋아지네

해방됐으나 정신 차린 정치인 보이지 않네
이승만 김구 등
그들만 나라사랑했다네

고집고집 부리다 조국은 두 동강
서로 네 탓이야 하다
어느새 70여 년이 지났네

허리가 아프단 말 한 마디 못한 한반도
100세 시대라 하지만
사람이면 곧 저승 가겠네

그리움

모자람은 아름답다
채우려고 발버둥치자

그리움은 오색 무지갯빛
시간마다 빛이 달라지네

어머니의 그리움
아버지의 그리움
태생부터 다르네

그리움은 오색 무지갯빛
무지개도 각양각색

비온 뒤에 무지개
마른하늘에 무지개

보고 봐도 채워지지 않는 그리움
어머니 아버지의 그리움

화신백화점

높디 높은 집 화신백화점
장안의 화제
돌풍을 일으켰네

쳐다보다 쳐다보다
목디스크 걸렸겠네

삼천리반도 방방곡곡
구경거리 생겼다
소리소문 퍼지자
구름처럼
인산인해 이루었네

칼 찬 순사들
인산인해
몰려든 인파
구경하느라
침까지 흘리네

친일행각 극대화로
일군 기업

식민지 조선
1호부자 되었네

해방 후에도 기업활동
조선에서 제일 높은 빌딩
비행기 제조사 설립
비행기 납품까지

민족반역행위 기업가
반민특위 제1호 체포
국가와 민족은 영원
조국 등진 기업가
샹그릴라 영원할까?

태화관

춤추고 노래하는 무대
3.1독립선언서 선포장
나라 잃은 설움 폭발하네

세월 따라 역사도 진화
음식점이
교육장 되었네

한말의 요릿집 명월관
나라 팔은 을사오적
흥청망청 술판
백성들은 남부여대
간도로 떠나갔네

하늘도 분노
고목에 벼락 때려
이완용 미련없이
집 팔았데

오천 년의 긴긴 역사
암흑의 37년

을사오적의 족적

술집서 교육기관 변신
길이길이 지켜
역사지분 챙기소서

오욕의 역사
오롯이
온몸에 문신 되었네

지금은 정화된 몸
33인의 영혼
수호신 되소서

갈라파고스 정치

계절마다 변화하는 세상
사람들은 다 아는 세상
정치인들만 모르는 세상
갈라파고스인이 따로 없네

시대는 역사를 바꾸는데
정치인들은 목석이네
뛰고 뛰어도 못갈 그곳
오늘도 갈라파고스이네

176년을 살았다는 갈라파고스거북
정치인들은 거북을 닮았네
시대를 갈아입는 역사
역사는 그들을 어찌 볼거나

세월이 갈라파고스도 변화시키는데
정치는 갈라파고스를 닮아가네

세상은 천지개벽
사람들도 따라 변화하는데
정치만 갈라파고스 따라가네

도도하게 밀려오는 시대정신
도끼자루 썩는 줄 모르는 정치풍토
오늘도 갈라파고스를 닮아가네

육조六曹

조선팔도 좌지우지했던 관청
지금은 서울시민
힐링 광장 되었네

북으론 임금 '덕이 온누리에' 광화문
남으론 4통8달
전국으로 나아가는 한강

백성들이 가고 싶었던 관부
서자 서얼 등엔
하늘 위에 샹그릴라

사노라면 한 번 가 일하고 싶은 곳
누구나 갈 수 있으나
누구나 갈 수 없는 곳

동쪽엔 북촌 서쪽엔 서촌
왕족 양반 평민 서자
카스트로 구별되는 사회

27대 임금 518년

역사 세월의 풍파
온몸에 오롯이 새겼네

시민의 품으로 돌아온 육조거리
흔적도 없는 모습
광화문이 지켜보네

화양연화

지금이 그 화려한
화양연화* 순간이다

주저주저 우물쭈물하다
영원히 그 순간
잃을 수도 있네

삶은 고해의 바다
높고 깊은 해일의 늪
생각에 따라
화양연화일 수도
고해의 바다
될 수도 있다네

어느 순간이 화양연화인지
주인공의 판단일세

여기도 화양연화
저기도 화양연화
세상이 온통
화양연화가 될 수도 있다네

화양연화 화려한 추억
현 세상에 비치는 마음의 거울
지금이 화양연화일세

*화양연화: 인생에서 가장 아름답고 행복한 순간을 말함.

전깃불

은하수의 별들같이 별 별 별
서울하늘에 총총히 떴네

빌딩마다 별들이 반짝반짝
해가 지면 찾아오는 별들
신기하고 신기했네

하늘에만 있을 별들
서울의 집
밤마다 반짝반짝
알고 보니 사람이 만든
별들이었네

서울에 온 소년농부
서울살이
신기하고 신기해
밤마다 꿈속에서
고향으로 달려가네

신기하고 또 신기한 별
처음엔 하늘을 나는

반딧불로 알았는데
뒤늦게 전깃불로 알았네

추운 겨울 서울살이
꽃피는 봄이 되자
눈이 조금씩 커졌네

거인들의 속삭임

무슨 말인지 못 알아듣겠네
신라 육촌장들의 속삭임

세월이 흘러흘러
나라가 바뀌었는데
그들의 말을 못 알아듣겠네

소리치는 역사, 역사, 역사
그들만의 말잔치였네

거센 여인들의 역사무대
치맛바람에 묻혔네

찬란한 천년의 역사
거인들의 속삭임

성골 진골 요란한 잔치
포석정의 유상곡수연

견훤의 말발굽소리
신선마저 경악했네

전설로 꽃피워진
덕주사의 아들딸

천년의 역사 종언
누구누구의 역사인가

권향權香의 냄새

포기할 수 없는 욕망
한 번 맛보면
사족四足을 못 쓰는 금단의 열매
권향의 마수이어라

주향백리酒香百里
화향천리花香千里

인향만리人香萬里
세 향 다 뭉쳐도
무수무량권향을 못당하네

인류역사이래
권향을 극복한
영웅은 없네

권향을 버리면
덕향德香이 되고
덕향은 인류향人類香이어라

일모도원 日暮途遠

갈 길이 한참 멀었었는데
어느새 갈 길이 저만치 보이네

갈 길이 멀고 멀었을 때
참으로 좋았다
가다가 쉬고
가다가 먹고
가다가 놀기도 하였어라

가도 가도 그 길
아득히 지평선이 보일 때
그때가
아름답고
그때가
희망찼네

갈 길이 멀고 멀 때
희망도 크고
희망도 위대했었네

일모도원*의 행복한 길
살아보니 아름답더라

*일모도원: 해는 저물고 갈 길은 멀다.

한恨

민民의 응어리

단군조선
삼한시대
긴긴
역사의 응어리

삼한 · 삼국 · 발해
한민족의 나라들
시대가 바뀌고
정치가 바뀌었는데도
한의 응어리
풀릴 기미가 보이지 않네

고려 · 조선
대한제국을 거쳐
대한민국까지 왔으나
이젠
허리까지 잘린 채
반세기

K콘텐츠 세계화世界化로
문화의 르네상스
역사의 주인공 돼
한의 꽃
세계화世界花로
활짝 피우세나

종언終焉

긴 여정이 끝이 보인다
어렵게
걸어온 길
종언이 보이네

아득히 보이기만 했었던
길이
얼마 남지 않았네

허위 허위 달려간 길
멀고 길 험했으나
아름다웠었네

망망대해에 일엽편주
나침판도 없이
걷고 또 걸었네

휘황찬란한 세상
이곳 저곳에 있으나
결코 내 것이 아니었네

세상은 넓고 넓었다
그러나
가는 곳마다
이미
주인이 있었네

세상은 넓고 넓었다
그 넓은 세상
모두 모두
주인이 있었네

까마득히
멀어
보이던 세상
종언신호가 보이더니
세상 끝도 보이더라

순교

주고 주고 또 줘도 아깝지 않은 사람
그는 몰라도 내가 알아
공기처럼 되고 싶은 주인공

떠나가는데 돌아보지 않는 사람
몰라 몰라 모른다 해도
끝까지 헌신하려는 주인공

굶고 굶어도 보고나면
배불러지는 사람
섣달열흘 보고 있어도
보고 보고 또 보고 싶은 사람

내 영혼의 안식처 그 사람
순교를 넘어
순장 되어 영원히
잠들고 싶은 대상

그는 빛과 그림자
몸과 영혼일지어라

산티아고로 가는 길

가도 가도 없는 길
산티아고로 가는 길

가도 가도 없는 길
달 보고 걷고
해 보고 걷고
오늘도 걸어가네

희미해진 북두칠성
가도 가도 없는 길
산티아고로 가는 길

가도 가도 없는 길
자아의 길
산티아고로 가는 길

역사의 행로

사람들의 살아가는 모습
시간이 가고
세월이 흘러
역사가 되네

사람들이 울고 웃는 모습
감성이 쌓이고
감정이 모여
역사가 되어지네

사람들이 땀 흘리는 모습
욕망을 이루는 과정
이성이 움직이는 행태
역사가 발전해 가네

사람들의 삶의 모습
시간이 가고
세월이 흘러
역사는 진화되어 가네

인간의 욕망과 이성이 발전의 모습

정치꾼들의 행패
통곡의 역사
국민들이 눈물 닦아주네

국민들의 움직이는 모습
역사의 주역들 교체
옷 갈아입는 역사
역사의 주인 국민이 되찾았네

제3부

세상이 넓고 넓더라

교육

　배움은 뇌의 작동이 멈출 때 끝이 난다. 플라톤(BC 428~BC 347)의 동물교육론도 모든 이들이 같은 효과를 얻을 수가 없다.

　어느 통계에 한국의 IQ가 세계 상류에 속한다고 했다. 또한 김영훈 씨의 IQ가 세계 최고(276)란다. 교육은 세상을 보며 자신이 목표하는 곳까진 넓고 지독한 열정이 있어야 가능한 목표다. 교육은 징검다리에 불과하다.

이승만

공산화 막은 반공의 화신
한반도 통일 못 봐 어찌 눈 감았을까

단독정부 세웠으나 김구완 결별
좌우합작으로 통일정부 수립도 포기

3.15부정선거로 4.19유발
독립운동무대 하와이로 망명

통일정부야망 후세에게 넘기고
꿈에도 못 잊을 조국 또 떠났네

원통해서 어떻게 눈감았을까
38선은 아직도 죽지 않고 살았는데

정치꾼들은 권력의 화신들
깔딱고개 넘기려다 다 잃네

역사는 반면교사의 스승
나만은 아니야 할 때 모든 게 물거품 되네

박정희

한국경제 혁명의 주역
경부고속도로
포항제철 건설
경제강국 토대 만들었네

우리도 잘 살아보세
새마을운동
조용한 아침의 나라
이미지 쇄신시켰네

과유불급의 교훈
역사는 비켜가지 않네

장기집권이 부른
비극의 역사

유종의 미 못 봐
국민들은 안타까워하네

김영삼

대도무문의 민주화의 꽃
단식 23일로 대도무문 열었네

군사정권 대도무문에 두 손 번쩍
민주화 과실 386세대가 독차지

대도무문엔 어떠한 장애물도 없었네
23일 단식에 총칼도 무용지물

총칼로 무장한 하나회 단숨에 해체
거제소년 대도무문 대통령 되었네

386 → 486 → 586 → 686세대 되겠네
민주화가 그네들 특권인 양 천방지축

세월이 흘러 세상은 천지개벽
화석화 된 사고방식 언제 철들지

국민은 선진화됐는데 고집불통 386세대
국민을 볼모로 잠꼬대 언제 끝날고

23일 단식으로 꽃피운 민주화
그네들이 한 듯이 미몽 언제 깰까

닭 모가지 비틀어도 새벽은 온다
명언 남긴 영원한 민주화 화신

*386세대: 1993년 김영삼의 문민정부가 들어서면서 당시
30대의 나이에 80년대 학번에 60년대생들을 통칭하던 정
치세대.

김대중

한국 최초 노벨평화상 수상
세월이 엮은 인동초 꽃 피웠네

노벨상 불모국 개척자 수훈
노벨평화상 이어 연이어지길

K팝 · 문학 등 예술은 세계적 수준
정치만 진화보다 퇴보로 가네

누구나 탐내는 세계적 상
누구나 탐낼 수 없는 세계적 상
인동초 DJ가 테이프 끊었네

K팝으로 조국을 빛내는 예술인들
정치는 언제 K팝 수준 따라갈꼬…

한국 최초 노벨평화상
개인의 영광 넘어
한국인의 평화문화
세계가 인정
문화국가 이미지
세계화花로 빛내세나

김종필

나라운명 좌지우지하는 에너지
정치가 허업이라 장탄식

정치하기엔 재주가 너무 많은 인물
예술에 정신했으면
업業을 남겼을 주인공

갑이 되려 했었으나 언제나 을
을은 슈퍼 을이라도
을의 신분이 바뀌지 않네

김영삼에게 즐거운 헌신
김대중에게도
멋지게 이용당했네

민주화의 화신
김영삼에 힘 보태
군사독재에서 문민정부 탄생시켰네

위대한 슈퍼 을, 을의 화려한 정치
YS · DJ의 정치꽃
화려하게 피웠네

메피스토펠레스 정치

파우스트를 쥐락펴락
자기 욕망 펼치네

파우스트 행동 하나하나에
낄낄대며 즐거워했겠지

파우스트에 역이용 당함을
메피스토펠레스는 알았을까

누가 어떻게 승리자가 될지
유종의 미가 중요하네

파우스트와 메피스토펠레스
누가 머리 좋은가 경쟁붙었네

구경꾼들 웃기고 울리기
재미나고 즐겁게 계속 쓰게나

전설이 되는 역사
오늘도 끝이 안 보이네

역진화론이 되지 않는 한
인류사는 진화되어 가네

잔꾀 많은 메피스토펠레스
파우스트에 무릎 꿇네

샹그릴라 꽃

누구나 꿈꾸는 샹그릴라
모두모두 하나씩 갖고 있네

언제 어떻게
실현하느냐가 개인의 탤런트

뛰고 뛰어 이룰 샹그릴라
언제 어디서 꽃피우려나

평생 뛰기만 하는 인생
샹그릴라 꽃은 언제 보려나

피고지고 피고지는 샹그릴라 꽃
사람마다 마음속 정원에 피우네

필 듯 말 듯 샹그릴라 꽃
사람마다 각양각색
아름다운 인화로 피어나네

소나무

사철 옷 한 벌로
추위와 더위
비바람 맞으며
불평 한 마디 없이
잘도 견디네

아무리 힘들어도
매무새 헐지 않고
사시사철
일년 365일
그날이 그날이네

사시사철 옷 한 벌로
창포에 머리감은
새색시같이
단아함 잃지 않고
장승처럼 버티고 있네

대머리 집

사직동 골목에 일·이층 대머리 집
박봉의 기자·PD·탤런트들 힐링무대

해가 지기 무섭게 한 명 두 명 모이네
거나하게 취하면 노래에 춤까지

술 맘껏 마시고 대금은 외상이 태반
고성이 오가고 쌍욕까지 못할 말이 없네

논밭 팔아 대학 보낸 부모 생각 잊고
처음 본 세상 처음 본 사람에 빠져 있네

통금이 있는 시대 얘기하다 잠까지 자고
아침해장술 마시고 출근길 오르네

빈대떡 한 쟁반 막걸리 두 주전자
마시고 또 마시고 술고래 되었네

술값 없어도 술 마실 수 있는 집
가난한 언론쟁이들 샹그릴라네

세월에 밀리고 밀려 이젠 폐업
초창기 언론계 알려면 대머리 집 찾아야

정원

욕망의 꽃들이 핀 화려한 정원
나이들수록 한 송이 두 송이
떨어져 나간 정원

욕망이 이상으로 진화하는 세월
욕망을 태운 시간의 열차
세월의 역에 가면 잠들어
쉬었다 가자 하네

과거는 아름다운 샹그릴라 세상
누구나 갖는 지나간 세월
어떤 꽃씨를 뿌렸느냐가 열쇠

욕망의 꽃, 이상의 꽃, 꽃중의 꽃 샹그릴라 꽃
시간의 열차에서 세월의 열차에서 피웠네

누구나 피울 수 있는 화양연화의 꽃
주저주저하다 절기 다 놓치겠네

장미 가시

가시 끝에 나비 한 쌍
바람 불자
바람 타고 날아가네

나비 한 쌍 날아가자
벌 한 쌍이
날아드네

가시엔 나비 한 쌍
꽃엔 벌의 신방

꽃과 가시
모두모두
화양연화일세

가시 끝엔 나비 한 쌍
꽃엔 벌의 둥지
장미의 화양연화로세

절창絶唱

소리 없는 울음
눈물조차 없네

가슴으로 우는 울음
자신도 모르네

마음만 멍드는 울음
가슴조차 모르네

울음 없는 울음
가슴이 먹먹해
말문이 막히네

소리 없는 울음
누가누가 알아주나

소리 없는 통곡
모두들
절창이라 부르네

인향人香

인향만리라 한다
주향酒香백리
화향花香천리를 넘어
인향만리라 하네

남녀노소
너 나를 넘어
인향만리라 하네

어제와 오늘
오늘과 내일
밤과 낮
다를 터인데
인향만리라 하네

그리운 사람
떠나간 사람
늘 보는 사람
다를 터인데
인향만리라 하네

양귀비 서시
초선 왕소군
미소 아우라
다를 터인데
인향만리라 하네

황진이 이매창
홍랑 허난설헌許蘭雪軒
멋과 아우라
다를 터인데
인향만리라 하네

화무십일홍
권불십년
모두 모두
다를 터인데
인향만리라 하네

거일년去一年 1일년 지나갔네

365일이 지나갔네
봄 · 여름 · 가을 · 겨울
일향一晌*에 흘러갔네

세월이 흘러갈수록
멀어져가야 할 그 美
새록새록
더 아름답게
봄꽃처럼 되살아나네

세월이 깊어갈수록
잊혀져가야 할 그 美
일년 365일
일향도 잊혀지지 않았네

봄 · 여름 · 가을 · 겨울
철철이 피어나는 꽃들
그 美의 이름처럼
새록새록
지금 일같이
생생하게 피어나네

*일향一晌 : 1초보다 더 빠른
　시간의 개념

가신 듯 다시 옵소서

머리 풀고 울지 말고 다시 옵소서
마음도 몸도 가신 듯 다시 옵소서

계절이 바뀌어 꽃도 나비도 다시 오는데
눈도 마음도 몰래 가신 듯 다시 옵소서

그리움이 쌓이듯 첫눈이 오는데
한 번 간 가신 님 다시 올 줄 모르네

그립고 그리워 마음이 녹는데
사시사철 계절이 오가는데
한 번 간 님은 다시 올 줄 모르네

영혼의 그리움
그때의 화양연화
가신 듯 다시 옵소서

길

인생은 오가는 길
환하고 환하게
오고 갑시다

누구나 가는 길
모두 다
가게 되는 길

주저 주저
한다 해도
가야 되는 길

어제도 오늘도
또 내일도
모두 모두
가고 있네

가는 길가엔
오색찬란한
아우라도 있다네

가다 보면
먼먼 길
예전에 예약된 길
오늘도
쉬지 말고 가세나

겨울 진달래

춘삼월 호시절 다 놔두고
뒤늦게 이제 피었느냐

친구들 다 떠나고
그 많고 많은
관객들 다 떠난 뒤

이제
꽃단장하고
뒤늦게 피었느냐

첫눈을 우산삼아
홀로 피어난 겨울진달래

밀려오는 설한풍파
어찌 견디려고
발길 끊긴
공원에 홀로 피었느냐

제4부

동구 밖 세상을 보다

누구나 모태母胎를 떠날 때 고성을 지른다. 우리는 어머니의 세상에서 커지며 세상을 배운다.

누구나 태어난 곳이 처음엔 세상의 전부로 알고 있을 때가 있다. 성장하면서 시야가 넓어지며 세상을 알기 위해 모태를 벗어나 자아 이상을 넓혀 간다.

유학留學이다. 외국으로 가야만 유학은 아니다. '나왔노라, 보았노라, 이겼노라' 카이사르(BC 100~BC 44)의 말을 변용하였다. 그렇다. 당당한 사회인이 되려면 언제고 승리편에 서야 할 것이다.

중랑교 판자촌

벌집같이 촘촘히 붙은 무허가 판자촌
밤이면
중랑천에 똥오줌 싸고 목욕도 했었네

남녀노소 구별없이 벌거숭이들
그 속에서
사랑과 희망이 싹텄네

밤이면 밤마다 웃고 우는 소리들
세월은 흘러흘러
상전벽해 되었네

벌집 같은 무허가 판자촌
그 속에서
소년 소녀들 야망을 키웠네

선진국 만든 없어서는 안 되는 주역들
오늘날
이 나라 버티고 있네

보내는 이

눈물을 만들지 말아요
눈물이 꽃이 됩니다

꽃은 씨앗을 만들어
사람을 기다립니다

만나면 이별이 되고
이별은 또
눈물이 됩니다

눈물을 보이지 말아요
꽃도 눈물
싫어하네요

눈물을 보이지 말아요
눈물이 씨앗됩니다

공기 같은 사랑
보이지 않으나
눈물이 고여고여
저수지 만들어
연꽃을 피웁니다

서리문화

6~70년대 농촌은 배곯는 시대
보릿고개엔 서리행위 극성
이젠 희미한 추억의 향수

소년 소녀들 깜부기 따먹고
참외수박밭에도
밤엔 주인행세 하였네

원두막에선 알고도 모르는 척
한두 개 따가려니
헛기침으로 알고 있다는 신호

지금은 먹고 넘치는 음식들
그때는 7~8월이 무서워
따가운 태양을 보면 현기증이

전쟁의 역사 발전했는데
통치스타일은
발전 아닌 퇴행해 가네

민족걱정 나라걱정 시민이 해야

예나 지금이나
권력시녀 변함이없네

시대가 바뀌어 세상이 변했는데
우물 안 개구리들
권력시녀들만 활개

그네뛰기

밤나무가지 흔들릴 때마다
요란한 박수소리
청춘남녀 쌍그네 뛸 땐
흥겨운 노래까지 터져나오네

5월 단오엔
해마다 늘어나는
소년 소녀들
인근 동네 청소년 다 모이네

모이면 수군수군
꿈들 얘기하네
시집장가 쌍쌍 이뤄
식구들 늘어나네

할머니 할아버지
손자 손녀 손잡고
옛 얘기 속 그네뛰기
얘기꽃 피우네

밤나무 가지 출렁일 때마다

박장대소 얘기꽃 피우고
웃음꽃 마디마디에
노래까지 터져나오네

해마다 해마다
단오 그네뛰기 대회
신도시 되더니
전설로 사라졌네

별 별 별

구름 넘어 은하수에 별이 총총
무슨 사연 있길래
불도 안 끄네

계절마다 변화하는 아름다운 모습
보는 이 마음 따라
모습도 천차만별

하늘의 오솔길 영혼이 저승 가는 길
무수한 전설 속
아우라 꽃 피네

계절 따라 위치변화 베일 속 신비
세월이 갈수록
아우라는 신비에 쌓이네

소꿉친구들아 더 멀어지기 전 손에 손잡자
은하수 오솔길 가기 전
메기의 추억 부르자

내일 내일하다 지천명 훌쩍 넘어

은하수길 지날 즈음
앗차 하지 마세나

세월은 끝없이 세월이여
인간이 감당할
상대가 아닐세

생각날 때 찾고 찾아나 보세
영원할 것 같은 청춘
포말인 줄 알게 되네

서낭당

오가며 돌 하나 던지며 소원 비는 곳
늘 푸른 소나무
해마다 쑥쑥 크네

돌마다 소원성취 오롯이 모였네
한해 두해
어느덧 돌탑 되었네

소년 소녀들 시집장가 갈 희망
소박한 희망들
모아모아 빌었네

돌 하나 던지고 간절한 삼세 번의 절
올해로
어언 70년이 지났네

마을은 평화롭고 소문난 부자마을
가뭄 때도 물 걱정 없고
장마 때도 물 피해 없네

조상 잘 모셔 효자동네로 유명

시대가 바뀌어도
장유유서 잘 지키네

서낭당에 빌고 빌어
연년세세
풍년드는 마을

청춘

세상에 부러운 게 청춘
그곳엔
꿈과 욕망이 용솟음치네

청춘은 시지프스다
넘어지고 자빠져도
다시 일어나는 오뚝이

청춘은 나르시즘의 욕망
진화하는 자화상
보고 또 봐도 성이 안 차네

청춘은 자화상 발전의 출발점
아름다운 진화
삶이 풍부해 가는 모습

웃음이 가득한 아름다운 자화상
어떻게 살았느냐의
흘러간 세월의 모습

세상이 부러운 청춘
그곳은
인간의 이상이 꽃핀 샹그릴라

그 사람

오가는 사람 중에 그 사람
그 사람이
보고 싶다

많고 많은 사람 중에 그 사람
그 사람이
보고 싶네

세상 사람 많고 많아도 그 사람
그 사람이
보고 싶어라

오가는 사람 중에 그 사람
그 사람이
보고 싶고 보고 싶다

보고 싶고 보고 싶어라 그 사람
그 사람이
보고 싶다

집성촌

단군안씨 동네
처녀들 많고 많은데
그네뛰기 대회 때
이웃동네 총각과 밀회 즐기네

뒷동산에서
냇가에서
밀회 즐기네

여름엔 원두막
가을엔 산신제
숨소리 죽이며
사랑은 깊어지네

동네 총각 모두
단군안씨 종친들
연인 찾아 원정 가네

나이 들어 이성에 눈뜨면
집성촌이 원망스러
동성동본 결혼금지

억장이 무너지네

가문의 명예보다
성정이 앞서
밤길이 바빠지네

몸과 마음 같이 갈
피앙새가 필요

여름이면 밤마다
아침이슬 맞으며
냇가에서 노니네

산신제 | 山神祭

마을에서 제일 잘 생긴 소 잡아
제물로 바쳐
마을안녕 비네

제주는 일주일 전부터 몸단속
목욕재계
부부관계도 금하네

동구 밖 천하대장군 지하여장군
온 동네 싱글벙글
잔치분위기 되었네

맛있고 싱싱한 고기 집집마다 나누고
올해도 풍년 내년에도 풍년
해마다 풍년이네

나이든 처녀 총각 짝 찾기 분주
이웃마을
처녀총각 원정까지

캄캄한 밤하늘에 별은 총총

맘에 드는 상대 없어
발만 동동

긴 겨울 지나면 또 한해
산신제 기간 중
님 오기 기다리네

소꿉놀이

엄마 되고 아빠 되는 소꿉놀이
봉칠이 아빠, 봉녀는 엄마 되었네

풀잎으로 밥 만들고 돌이 그릇 되고
엄마 아빠 보고 그대로 흉내내네

여름밤 달빛 아래 목물하며 만남 인연
세월에 밀려 그들은 엄마 아빠 되었네

세월이 흘러도 그때 그 시절
아름다운 추억들 그대로이네

산하는 그대로인데
우리들만 상전벽해 되었네

꿈꾸고 꿈꾸는 사이 물레방아 돌아
봄이 가고 여름도 가 가을 · 겨울 되었네

희미한 옛 추억에 눈물 쏟고
어눌한 언행에 자존감 무너지네

농부의 시간

풀벌레 노래에 반딧불 향연
늙은 농부 숨소리도 노래가 되었네

오곡백과 거둔 자리에 허수아비 부부
쓸쓸한 논밭에 흥겨운 농부의 미소

태산같이 높은 노적가리
힘찬 탈곡기소리가 격양가 되었네

풀벌레노래 흥겨운 풍악놀이
몸과 마음이 위로 교향곡 되었네

한여름 밤의 별들의 향연
화촉동방보다 더 황홀하네

꿈꾸는 고향의 추억의 노래
꿈 많은 늙은 농부 화양연화일세

부부

화양연화 꿈꾸는 두 사람
자나 깨나 한 몸의 절정

꿈보다 해몽이 아름다운
두 사람의 25시 열정

이심전심 염화시중의 인연
곱고 예쁘고 예쁜 부부 인연

부부는 2인3각의 행보
화양연화 밤마다 꿈꾸네

많고 많은 사람 중의 만남
판도라 같은 화양연화의 인연

인연 중 인연 부부의 인연
산 넘고 물 건너 에덴에 이르렀네

세월이 흘러 변화된 두 얼굴
닮은꼴 아들에서 찾았네

인생

삶은 자화상을 그려가는 과정

젊었을 땐
패기 있고 아름다운 모습

늙을수록 위대해 가는 자화상
언덕과 골짜기
생겨가는 모습

언덕엔 꽃피고 새 우는 자화상
계곡에 물 흐르고
버들치들이 춤추는 모습

하늘엔 별들이 총총 빛나는 자화상
대지엔
오곡과 낙락장송의 모습

꽃피고 새 우는 샹그릴라 자화상
넘어지고 자빠진
상처 투성이의 모습

인연

바람이 사랑하는 소리
벌들이 꿀 만드는 소리
구름이 궁궐 짓는 소리
인연, 인연, 인연
인연 만드는 소리
아름답고 숭고하네

헤어지면 안 되는 사람
헤어져야 하는 사람
만나서 신나는 사람
만나면 울화 터지는 사람

겨울 진달래꽃 피는 소리
인연, 인연, 연연
인연도 인연 나름이네

벌나비 사랑하는 소리
벌나비 질투하는 소리
벌나비 가족 경사났네
인연, 인연, 인연
인연 낳는 사랑소리

벌나비 신방 꾸미는 소리
아들 딸
시집 장가 보내는 소리
인연, 인연, 인연
이 세상 인연 중
가장 아름다운 인연이네

야학

주경야독의 소년농부 하루살이
불암산에 올라 사방을 보니
심근설은 등하불명

태릉에서 한때 호랑이 출몰
소와 싸운 얘기
전설이 되었네

나무그늘에 누인 아이 늑대가 물어가고
삼림이 우거져
들짐승 세상이네

국민학교도 못간 청소년들
야학은
세상을 보는 창구가 되었네

4H운동은 야학과 동행
방송국 · 신문사 견학
딴 세상 보고 새 사람 되어갔네

눈치 빠른 청소년들 서울유학길에

오매불망했던
서울에 정착

광화문 · 경복궁 보고 역사공부
4.19 데모
앞장서 경무대까지 갔네

세월은 흘러 흘러 기자가 되고
작가 역사연구가 등극
세상사 한눈에 조망하네

술래잡기

꽃피고 벌나비 춤추는 마을
소년 소녀들의 즐거운 시절
자연스런 스킨십 분위기

홍길이 홍녀들의 얼굴 익히기
한해가 지날 때면
신랑신부 탄생되네

집성촌 넘어 이웃마을 원정도
그네뛰기에 만나
추석에 결혼식 올리기도

한해 두해 지나
기다려지는 술래잡기
노적가리 뒤에 숨어
손잡고 뒹굴기 예사

달 밝은 밤보다
어두운 밤 더 즐겨
해 넘어가 땅거미지면
소년소녀들 소리 없이 모이네

세월이 흘러 흘러 성인이 되고
시집 장가가
자식 데리고 만나네

꿈 키우려 서울로 떠났던 동무들
초로 되어
속속 귀촌 이루네

고향은 어머니 마음의 인심
언제 와도
버선발로 반색하네

그때 그 시절

아득히 들리는 어머니 목소리
워낭소리로 들려오는 아버지 발자국소리

돌담 뒤 아름드리 감나무 한 그루
가을이면 연시가 주렁주렁

집 앞 넓디 넓은 논
가을엔 황금들 펼치네

넓디 넓은 집 앞 논
겨울엔 썰매장 되었네

집 뒤 뒷동산 밤나무 밭
오월 단오절
그네뛰기 아롱아롱
그 시절이 그립네

어머니 아버지 이름조차
잊을까 노심초사
밤잠을 못 이루겠네

제 5 부

샹그릴라에 이르는 길

문학

    불가능이 없는 세상이 문학의 세계다. 자아이상에서 4단7정四端七情
이 꽃피고 지는 세상이 문학세계의 아우라다. 4단은 측은지심, 수오
지심, 사양지심, 시비지심으로 인 · 의 · 예 · 지의 착한 본성에서 발
로되는 감정이며 7정은 희喜 · 노怒 · 애哀 · 구懼 · 애愛 · 오惡 · 욕欲의
7가지 감정을 지칭한다.

    사실 자아이상이 아무리 발전, 진화했다 해도 사단칠정을 사랑과
아름다움을 자유자재로 표현해 보는 이로 아우라 하도록 느끼게 하
기는 쉽지 않다. 하지만 문학은 그 영역의 가장 높은 데까지 아름답고
아우라하게 꽃피울 수 있는 세계다.

낙엽

봄 내내 자란 단풍
여름 내내 흥겹게 춤추고
어른 된 가을
훨훨
자유 찾아 떠나가네

동서남북
4통8달
바람 타고
훨훨
자유 찾아 떠나가네

우주로 우주로
샹그릴라
찾아
바람 타고
훨훨
둥지 떠나가네

인연

바람처럼 와 꽃같이 피어나네
봄엔 진달래 연산홍 모란 자목련
풋풋하고 예쁘게 피었네

꿈처럼 와 무지개같이 피어나네
여름엔 장미 싱아 카네이션 해란초
화려하고 아우라하게 피어나네

무지개처럼 와 꽃구름 만드네
가을엔 코스모스 부용 국화 분꽃
정숙하고 우아하게 피어나네

번개같이 와 천지인 맺었네
겨울엔 동백 군자란 수선화 베고니아
백설처럼 고고하게 피우네

계절마다 피고 지는 꽃들
사시사철 다른 세상
견우직녀 만나듯
우리네 인연 아름답게 피우세나

주목朱木

삼국시대의 긴긴 세월
삼국통일의 시간도 보았네

발해의 5천리 역사
고려의 완전한 통일

산하도 변하고 인걸도 변한
두 눈 부릅뜨고 똑똑히 보았네

삼천리 금수강산 두 동강
서러워 서러워서
눈뜨고 못 보겠네

살아 천리 죽어 천리
2천년의 역사
등허리 잘린 역사도 봐야겠네

역사가 길다고 좋은 게 아닌데
주목의 역사 끈질기게 장수하네

주목의 역사가 한민족의 역사

한민족 역사와 맞닿았네

길고긴 주목의 역사
세월은 나이도 안 먹네

한민족의 역사 주목의 역사
모두모두 진화하는 역사 쓰시게

강江

강, 강, 강, 강, 강
북한강

억겁의 세월이 쌓인 강
무수무량의 역사 얽힌 강
그 강은 말을 잃었네

세월의 역사도 모르는 사람들
낄낄대고 노래하며 춤도 추네
강은 말을 잃은 표정이네

고조선
고구려 · 백제 · 신라
발해 오천리 휘돌아
고려 · 조선

대한제국 · 대한민국
삼천리 굽이굽이
수많은 역사들
강은 아무 말도 않네

북한강
남한강
남남북녀
두물머리서 극적 상봉
강, 강, 강, 강, 강
북한강
오작교 못 만들어
눈물의 강 되었네

역사의 시간

조용한 아침의 나라
역사이래 개문만복래

1882년 5월 22일
서양의 맹주 미국

1883년 11월 26일
셰익스피어의 영국

1883년 11월 26일
파우스트의 독일

1884년 6월 25일
톨스토이의 러시아

1884년 6월 26일
다빈치의 이탈리아

1886년 6월 4일
나폴레옹의 프랑스

굳게 닫혀 있던 빗장
자의반 타의반 열었네

약탈의 제국시대 시간
은둔의 나라 갈팡질팡

잠자던 조선의 역사
격랑의 세계사 속으로

안개 속의 보수와 진보
한치 앞도 보이지 않네

가을밤

하늘엔 달
초가지붕엔 박
하늘과 땅
맵시
경쟁 붙었네

밤 깊어
달 기울자
툇돌
귀뚜라미
목청 돋우네

밤이슬에 젖은
박꽃
항아姮娥를
닮았네

사랑

영혼을 불태우는
천둥이어라

천지를 비추는
태양이어라

거리 거리
온누리 밝히는
횃불이어라

가슴 가슴마다
꽃 피우는
춘삼월 봄이어라

사랑 사랑 사랑
온누리를
불태우는
사랑의 불꽃이어라

나그네

반기는 이 없는데
가는 길은 바쁘네

어제도
오늘도
가는 길만 바쁘네

영겁永劫의 세월
피안彼岸에 머무는데
가는 발길 바쁘네

반기는 이 없고
쫓는 이 없는데
가는 길은 바쁘네

오늘도
내일도
가는 길만 바쁘네

꽃비

나비 춤추듯
꽃비 내리네

바람 불면 살랑살랑
종이비행기 날아가듯
하늘 높이 날아가네

박장대소 꽃 가족들
봄꽃 같은 행복축제
흔적 없이 떠나가네

나비 춤추듯
꽃비 내리는데
촉촉한 봄비
꽃비를 재촉하네

판도라

온 세상에 미녀 한 명
예쁘기도 제일일세

세상 남자들
영혼까지 빼앗은
판도라, 판도라

세상 선물 모두 소유
사내들이
온갖 선물 갖다줘도
거들떠보지도 않네

온 세상에 미녀 한 명
세상엔 어차피
그 여자 한 명

세상의 모든 일이
움직이지 않네

없는 것이 없는 미녀
세상 사내들이

성에 안 차는지
세상을 멈추게 했네

캄캄한 어두운 세상
보다 못한 미녀
제우스에게
판도라 더 보내라 애원하네

질투의 판도라 쌍둥이
세상 사내들
놓아주지 않아
세상 더 어두워졌네

질투가 질투로 진화
사내들이 돌아서자
사랑의 판도라 꽃피웠네

눈물은 행복의 씨앗

무지개처럼 피어나는 슬픔의 씨앗
밤낮없이 자라나 눈물 되었네

장마철 소나기같이 쏟아지는 눈물
행복 씨앗 되어 열매 맺었네

배신 · 투정 뒤엉켜 알 수 없는 갈등
알고 보니 재미와 쾌감의 눈물이었네

괴로움 시샘 웃음도 눈물의 씨앗
안정 보람이 행복의 메카였네

아침 햇살처럼 피어나는 행복의 꽃
눈물, 눈물, 눈물이 행복의 씨앗이어라

섣달 그믐

세월이 가도 꿈은 살아있다
봄에 꽃 피고
여름에 낙락장송
가을엔 오곡백과 황금 들판
겨울엔 아들 형제 결혼 준비
어느새
세월은 섣달 그믐

화려한 꿈 못다 폈어도
몸 추스르고
송구영신 해야겠네

무수무량의 세월
가고 또 가고
꿈은 언제나
식지 않은
오늘이었어라

제비가족

강남에서 온 제비부부
떠날 땐 대가족 되었네

아들 손자 줄줄이
병아리 가족 닮았네

홍부제비 춤과 노래
세상 시름 녹이네

강남 갔던 제비가족
아들 손자 며느리
나란히 나란히
홍부가족 되었네

이름만 들어도 신바람
홍부 제비가족 만만세

눈길雪道

아무도 걸어가지 않은 길
발이 빠지는 눈길 걷고 걸었네

백설기를 펴 놓은 듯한 눈길
걷고 또 걷고 한없이 걸었네

행여 누가 들을까 사뿐사뿐 고양이걸음
눈길을 걷고 또 끝없이 걸었네

바다 같은 눈길 걷고 또 걸어도
함박꽃 같은 눈이 발자국을 덮어
발길 없는 눈길 걷고 또 걸었네

아무도 걸어가지 않은 길
눈 위의 자아의 길
온누리가 눈길 쉼없이 걸었네

삶의 색깔

빨강 색깔일까
파랑 빛일까
노랑 색깔일까
오방 빛깔일까
모르는 것이 삶이어라

삶의 색깔을 알면
재미없는 삶
살아가며
칠해야
자기 색깔이어라

삶은 살다 보면 보일 거요
때론 삼원색
때론 오방색
때론 4단7정
화양연화 빛깔이어라

붓꽃 · 1

천변만화 피우는 붓꽃의 묘수
붓의 주인은 창조자 같다

가상공간을 지배하는 붓꽃
인간의 욕망 꽃피우는 마술사

시대 따라 사람 따라 변화하는 욕망
봄엔 봄꽃, 여름엔 여름꽃, 가을엔 가을 욕망
겨울엔 겨울 욕망을 꽃피워주네

천변만화를 피우는 붓꽃
주인공 따라 진화하는 세상

시공時空간 넘나드는 붓꽃
봄엔 가을꽃, 여름엔 겨울꽃도 피우네

동서남북 천지사방
언제 언제고 못 가는 나라가 없네

붓꽃 · 2

오라는 데 없어도 갈 곳 많은 붓나들이
대상이 손사래 해도
막무가내 찾아가네

양지바른 곳보다
못 보던 곳을 찾아가네

아무도 모르고 있는 세상
물어물어 힘겹게 찾아가네

많은 이들의 역사체험
묻고 물어 대신 들어주네

붓끝에서 피어나는 역사의 꽃
세계인들이 보고 또 봐
역사의 길 만드네

날줄씨줄 시간의 역사
쌓이고 쌓여 전통이 되네

붓꽃이 피워내는 세월의 역사
동서남북 화쟁 이뤄
아름답고 위대한 인간의 화양연화

붓꽃 · 3

멀고 깊고 험한 인간들의 생활
찾고 찾아가 숨 쉬게 하네

짧고 짧은 인간들의 삶
많고 많은 애환의 그림자들
음지에서 양지의 역사 쓰네

아무도 봐주는 이 없는 고단한 행로
스스로 위로하며 찾아가는 붓꽃의 아름다움
단 한사람의 위로로도 보상으로 생각하네

꼭꼭 숨은 음지의 주인공들
아름다운 붓꽃축제 주인공 데뷔
이제 보니 그들이 역사 주인공이었네

양지도 음지 되는 역사
정치진화의 이데올로기화
역사도 화양연화시간 있다네

붓꽃 · 4

천변만화의 주인공 붓꽃
시대를 쥐락펴락 쓰는 역사

고대인들 줄줄이 불러내
당시 역사 화려하게 꽃 피우네

통치와 정치 혼재의 역사
시대 따라 진화의 전통 보이네

시대를 초월한 삶의 역사
붓이 없으면 알 수 없겠네

세계3대 전쟁영웅 히스토리
지금도 되새기며 정치역사 만드네

늙음이 없는 붓의 역사의식
인간의 삶 있는 한 잠들지 않으리

천변만화의 주인공 붓꽃
인간이 행복할 때가 화양연화이네

붓꽃 · 5

세계화로 역사도 세계화
시공時空 넘나드는 붓꽃의 세상

천변만화의 주역 붓꽃의 화양연화
인종 민족 구별 않고 공기처럼 쓰네

민족국가 주창하며 세운 나라들
축소지향 정치로 세계화엔 소극적

금세기는 붓꽃의 화양연화
시대 따라 인간의 삶도 진화
천변만화로 구세주 되겠네

삶의 변화는 이데올로기도 진화
역사가 있는 삶이 진정한 인간사

붓꽃은 인간의 영원한 프론티어
지구촌 어딜 가나 화양연화 만드네

붓꽃 · 6

안방이 된 오대양 육대주
인간들이 사는 천태만상의 모습
그들이 꿈꾸는 샹그릴라
산뜻하게 붓꽃이 피우세나

천변만화하는 인간사
1차 · 2차 세계대전
생각이 다른 과유불급의 참상
금세기엔 없어야 할 인간사

인간은 잔혹한 욕심쟁이
희미한 기록들 되살려
반복되는 어두운 과거사들
붓꽃이 앞장서 새 역사 쓰세나

누구나 쓸 수 있는 역사
누구나 쓸 수 없는 역사
역사의 주인공 붓꽃
마다하지 말고 역사의 주인공 되시라

그립고 아쉬운 과거의 저수지

마음을 몽땅 표현하기는 쉽지 않은 것 같다. 소설은 소설대로, 시는 시대로 특징이 있어 소설 같은 시는 없어 보이며, 시 같은 소설도 없는 것 같아 보인다. 시는 시다워야 하지 않을까? 시같이 보이는 소설이나 소설로도 보이는 시도 본래 장르의 영역을 벗어나는 것은 아닌지 생각되어서다.

《화양연화의 별들》을 서정시로의 작업도 유년시절과 청년시절의 애틋한 정서를 되살려 쓰려 애썼다.

그러나 생각대로 쓰였는지는 의문이 남는다.

6~70여 년 전으로 돌아가 잊어버렸었던 시간과 세월의 살결들을 되살린다는 것은 사실상 불가능한 작업이었다.

그래도 안 하느니만은 나을 것이란 생각으로 시를 계속 썼다.

시를 쓰다 보니 타임머신을 타고 간 듯 잊어버렸었던 시간과 세월들이 조금씩 살아났다. 세월의 옷으로 갈아

입고 생생하게 떠올랐다.

그때는 그 상황이 그러했으리라 생각하게 되었다. 그때 그 상황이란 윷놀이, 그네뛰기 등의 장면이 반세기가 훨씬 지났는데도 몇 년 전의 일처럼 되살아났다.

과거는 영롱하다. 이제 희미하게 빛바래 잊어버린 시간과 세월을 되새기려니 그리움이란 정서가 발동해서다.

더욱이 소설같이 한 장면에서 또 다른 장면으로 오작교 역할이 토막토막 잘리어서 한결같은 분위기가 이어지지 않기 때문이기도 하다.

그런 상황이 연출되는 것은 먼 옛날 장면을 오늘이란 시간에서 되살리려는 행위에서 나오는 불가피한 상황이라고 생각되어진다.

아무튼 《화양연화의 별들》이 미처 10달을 못 채운 미숙아 같은 시집일지는 모르나 우리세대엔 나 같은 군상들이 많다.

한국전쟁 이후 폐허의 사회에서 꿈을 키운다는 것이 무모한 생각일지도 모르겠으나 도전이 온전한 꿈은 아니었지만 결실도 있었다.

아쉬움이 봄꽃향기처럼 피어나는 시들이다. 부족함을 알았으니 보완, 변신과 진화로 잃어버린 세월의 정원에 못다 피운 꽃들을 더욱 아름답게 피우렵니다.

2026년 2월 불암산 샹그릴라에서

함경옥 시집

화양연화의 별들

지은이 / 함경옥
발행인 / 김영란
발행처 / **한누리미디어**
디자인 / 지선숙

08303, 서울시 구로구 구로중앙로18길 40, 2층(구로동)
전화 / (02)379-4514, 379-4519
Fax / (02)379-4516
E-mail/hannury2003@hanmail.net

신고번호 / 제 25100-2016-000025호
신고연월일 / 2016. 4. 11
등록일 / 1993. 11. 4

초판발행일 / 2026년 2월 25일

ⓒ 2026 함경옥 Printed in KOREA

값 12,000원

ISBN 978-89-7969-918-0 03810